KB063023

슬픔아 놀자

b판시선 027

최기종 시집

슬픔아 놀자

도서출판 b

그리운 사람, 사랑하는 사람 천 번 만 번 부르면 그 사람 온다고
한다. 주술의 힘이다. 소리의 힘이다. 시도 마찬가지다. 시는 영혼
을 부르는 소리다. 천지신명과 교통하면서 새로운 질서를 깨치는
소리다.

'옴~'이라고
단전에 힘을 모아
입술을 오므렸다 닫으면서
'옴~, 옴~' 하면
오장육부 가열차지

이 '옴~'을 우주의 소리라고 한다. 이 '옴~'을 길게 소리 내면
오장육부 튼튼해지고 오욕칠정 말끔히 가신다고 한다.

눈을 감고 두 손 모아 '가즈아~'를 외치는 사람들의 얼굴을
보면 그렇게 간절할 수가 없다. 이 세상 막다른 골목에 몰려서
마지막 동아줄을 잡으려는 사람들의 끝없는 기도인 것이다.

세상살이 갈수록 힘들다. 물질적으로는 넘쳐나는데 정신적으로는 빈곤하기만 하다. 무한경쟁 시대다. 일상에 베이고 찔려서 피 흘리는 사람 많다. 그늘에 가리고 묻혀서 얼굴 없는 사람들 많다.

아픔도 슬픔도 나에게서 비롯된다. 위만 바라지 말고 눈 한번 아래로 내리면 이 세상 잔잔해진다. 앞만 보지 말고 옆으로 고개를 돌리면 새 길이 보인다. 아픔도 껴안으면 새로운 아픔이 된다. 슬픔도 친구하면 새로운 슬픔이 된다. 슬픔아, 놀자.

2018년 여름
남악리에서

| 차 례 |

제1부

슬픔아 놀자

슬픔아 놀자.
불 꺼진 외딴방에서
슬픔아 손잡고 놀자.

슬픔아 놀자.
별도 달도 들지 않는 연옥에서
슬픔아 얼싸안고 놀자.

슬픔아 놀자.
이토록 눈물 주고 가슴 쓰리게 하는
슬픔아 동무하며 놀자.

슬픔아 놀자.
파랗게 점멸하는 묵시의 침실에서
슬픔아 신랑각시되어 놀자.

예쁜 빛

예쁜 빛이 나를 부를 때가 있다.

길을 가다 보면
저만치 앞서가면서 몸통을 흔들어댄다.

바다에 나가면
조간대 너머 너울을 타면서 손짓한다.

벼랑에 서면
겨드랑이 날개 달아주기도 하고
무지개다리 새로 놓아주기도 한다.

예쁜 빛이 나를 시험할 때가 있다.

아직은 아니라고
예쁘지 않다고 고개를 절레절레 흔들면
그 빛, 한숨처럼 휘돌아간다.

슬픈 리셋

하늘이 어둡고 답답할 때는
머리를 도리도리 흔들면서 리셋하자.
저 구름 걷히고 이 가슴 환해지도록 리셋하자.

이 가슴 쓰리고 아플 때는
머리를 도리도리 흔들면서 리셋하자.
저 달이 둥글게 둥글게 차오르도록 리셋하자.

우리 작고 쓸쓸하게 느껴질 때는
머리를 도리도리 흔들면서 리셋하자.
이 세상 새로이 새롭게 피어나도록 리셋하자.

아무래도 나는 나라고
내가 있어서 오늘도 내일도 있는 거라고
머리를 도리도리 흔들면서 아임I'm이라고 리셋하자.

꽃불

눈 한 줌
난로에 놓으면
치르 치르 치르르
금방 녹아 없어지지

오징어도
난로에 구우면
지르 지르 지르르
금방 굽혀 구수해지지

아픔도 슬픔도
여기 올려놓으면
피르 피르 피르르
금방 녹아 없어질까

도시락도
노릇노릇 익어가는
여기 꽃불에 쪼이면

너도나도 뜨거워지는 것일까

세상의 아픈 것들이

나만 홀로 아픈 줄 알았는데
나만 기침하는 줄 알았는데
세상의 살아있는 것은
모두 다 아프다고 한다.

나만 홀로 애타는 줄 알았는데
나만 절룩이는 줄 알았는데
세상의 살아가는 것은
모두 다 힘들다고 한다.

세상의 아픈 것들이
눈물도 상처도 약이라고 한다.
세상의 멍든 것들이
추위도 굶주림도 힘이라고 한다.

나만 피 흘리는 줄 알았는데
나만 어둡고 서러운 줄 알았는데
세상의 꿈틀거리는 것들은

모두 다 그러면서 산다고 한다.

내가 그런다

나무가 우는 것은
내가 아파서 그런다.
내가 쓰리고 뒤틀려서 그런다.

하늘이 어두운 것은
내가 내려앉아서 그런다.
내가 눈감고 귀 감아서 그런다.

바람만 불어도 소스라치는 것은
내가 노을이 져서 그런다.
내가 가을처럼 물들어서 그런다.

손만 대도 푸른 물이 뚝뚝 듣는 것은
내가 멍울져서 그런다.
내가 파랗게 피어나고 싶어서 그런다.

내가 그렇다

내가 아파서 이 세상이 아프다.

대숲이 쓰러지고 문풍지 울어대는 것은 내가 어린 짐승이기
때문이다.

내가 어두워서 이 세상이 어둡다.

하늘이 어둡고 들도 산도 어두운 것은 내가 동굴에 살기
때문이다.

내가 슬퍼서 이 세상이 슬프다.

우물물 깊어지고 낙수 지는 소리 서러운 것은 내가 파랗게
물들었기 때문이다.

내가 우울해서 이 세상이 우울하다.

가뭄이 타고 노래도 시도 나오지 않는 것은 내가 새까맣게
그을렸기 때문이다.

내가 내려앉아서 이 세상이 화안하다.

더 이상 떨어질 것도 나쁠 것도 없는 내가 바닥을 치면서

차오르기 때문이다.

벌거숭이

돌담에 숨어도
다리 밑에 숨어도
벌거숭이

우물에 **빠져도**
올무에 걸려도
벌거숭이

장막을 쳐도
문고리 걸어도
벌거숭이

입 막고 귀 막고
구멍이란 구멍 다 막아도
나는야 벌거숭이

삶의 이유 1

힘들고 아픈 세상
왜 사느냐 물으면
그래도 봄꽃이고 싶어서

버겁고 어두운 세상
왜 사느냐 물으면
그래도 반딧불이고 싶어서

외롭고 서러운 세상
왜 사느냐 물으면
그래도 바위이고 싶어서

바람 불고 눈비 내리는 세상
왜 사느냐 물으면
그래도 빚 갚고 싶어서

버려도 버려지지 않는 세상
왜 사느냐 물으면

그냥 사람, 사람이고 싶어서

삶의 이유 2

기역자에게
왜 사냐고 물었더니
하늘에 별들 반짝거려서
저도 그렇게 반짝거리는 거라고 했다.

니은자에게
왜 사냐고 물었더니
지구를 푸르게 하는 나무들이 있어서
저도 그렇게 푸르러지는 거라고 했다.

디귿자에게
왜 사냐고 물었더니
바닷가 와글거리는 몽돌처럼
저도 그렇게 둥글어지는 거라고 했다.

그런데 아픈 나는
눈물도 쓰라림도 피우고 피워서
그것들 새로이 피어나는

눈물 되게 슬픔 되게 꽃순 되게

저 구름

저 구름,
바람이 불어도
소나기 내려도
가시지 않는 저 구름,
이 가슴 짓누르고
말발굽소리 요란하게 하려는 저 구름,

기미가 되어서
한숨이 되어서
앙금으로 남으려나
굵은 빗발 되어서
어허 넘는 달구 되어서
맨땅 다지고 다지려나

앞이 캄캄해도
뒤가 시리고 급급해도
걷히지 않는 저 구름,
푸른 그늘이 되어서

땡볕더위 막아주려나
천둥번개가 되어서
아픈 깨우침 주시려나

저 구름,
땅거미 내려도
하늘이 노래져도
떠나지 않는 저 구름,
두려운 안식이 되어서
꽃도 이파리도 마음도
새로 피어나게 하려는 저 구름,

신명나는 것

이것보다 귀한 것 있나
너른 바다 건너서
푸른 산 넘어오는 설렘이지
누구에게나 점지되는 꽃불이지
이것 풀어놓으면
나무나무 꽃 피고 여름하게 하지
이것 가둬놓으면
나무나무 시들고 이 세상도 시들해지지

이것보다 살릴 것 있나
복수초 노란 꽃잎처럼 흔들리는 것
너도나도 흔들리고
산도들도 흔들리게 하는 살바람이지
이것 함부로 꺼버리면
그것보다 죄 될 것 없지
이것 함부로 놓아버리면
그것보다 척 될 것 없지

원래 우주의 티끌이었지
이것 자유로이 들고 나는 것
하늘빛 그대로 살아
부신 햇살에 데기도 하고
먹장구름에 눈물짓기도 하는 것
바람 불면 바람 부는 대로
밤이 깊으면 깊은 밤 그대로
기쁨도 슬픔도 그렇게 불 밝히고

이것보다 고이 바칠 것 있나

물렁물렁한 가슴

지나가는 샛바람에도
살을 베이는 가슴이 있다.
문풍지 울어대도
장독대 듣는 빗소리에도
한밤을 꼬박 새우는 가슴이 있다.

문득 부르는 상이한 말투에도
뒤가 급해지는 가슴이 있다.
빗나간 공에 맞아도 물살이 튄다.
오가는 발자국 소리에도
머리가 곤두선다.

이불깃만 스쳐도 설움이 인다.
그림자만 길어져도 노을이 진다.
부엉부엉 부엉이 소름이 돋는다.
닭 울음소리에도 먼 강이 일어선다.

너무 물렁물렁한 가슴이라서

꽃잎 지는 것만 보아도
눈앞이 흐려진다.
강물 흘러가는 것만 보아도
허리가 휜다.

셋째야

미안하다 셋째야
미안하고 미안하구나
셋째야 셋째야 셋째야
셋째니까 셋째라서
미안하고 미안하다
셋째야 셋째야 세엣째야

서운했지 셋째야
서운하고 서운했구나
셋째야 셋째야 셋째야
셋째니까 셋째라서
서운하고 서운했지
셋째야 셋째야 세엣째야

그래도 셋째야
고맙고 고맙구나
셋째야 셋째야 셋째야
셋째니까 셋째라서

고맙고 고마웠지
셋째야 셋째야 세엣째야

웃어라 셋째야
울고 웃는구나
셋째야 셋째야 셋째야
셋째니까 셋째라서
울고 웃어라 웃어라
셋째야 셋째야 세엣째야

이옥수*전

서점에 가서
빨간 머리 앤, 아라비안나이트, 솔로몬 동굴 이런 동화책
들고서
혼자 중얼거려야 했습니다.
'가슴아, 늦었지만 이제라도 읽어 보자구나.'

중국집에 가서
짜장면 시켜 놓고는
혼자 중얼거려야 했습니다.
'가슴아, 이거 오랜만이지? 맛있게 먹어 보자구나. 잉?'

옷가게 가서
청바지랑 재킷, 티셔츠 들고서는
혼자 중얼거려야 했습니다.
'가슴아, 이거 네가 입고 싶었던 거지? 골라 보자구나.'

거울 앞에 서서
눈 화장하고 립스틱 바르고

머릿결 매만지면서 다짐해야 했습니다.
'머리야, 이제부턴 눈치 볼 것 없어. 쫄지 마!'

청계천 광통교에서
고개 들고 셀카를 들이대며
예쁜 표정 지으면서 당당하게 외쳐야 했습니다.
'그래, 나는 나다. 너는 존중받을 자격이 있어.'

---

* 소설가. 그는 열등감을 극복하기 위하여 어린 시절 못했던 것을 직접 드러내놓고
풀었다고 한다.

제2부

마야 1
─깊은 밤

홀로 혼자서 혼자니까
외롭지 않다

깊고 깊어서 깊어지니까
이 밤이 아늑하다

퍼레 파래서 파래지니까
슬프지 않다

아파 아파서 아프니까
저 달이 웃는다

마야 2

―깊은 속

홀로 혼자서 혼자니까
혼자라도 그윽해지는 연옥이여

깊어 깊어서 깊어지니까
깊어져도 배어나오는 구원이여

파래 파래서 파래지니까
퍼레져도 홰를 치는 날개여

아파 아파서 아프니까
아파도 절실해지는 살아있음이여

마야 3
—심마니

웃고 웃어 웃으니까
하늘도 따라서 웃는다

좋고 좋아 좋다고 하니까
물 아래 별들도 초롱초롱하다

기뻐 기뻐 기뻐하니까
죽은 나무에서도 꽃이 핀다

그래 그래 그렇다고 하니까
어떡하나 오늘도 심봤다

마야 4
―불안선

오르고 올라 오르니까
올라도 올라가게 내려가야지

높고 높아 높으니까
높아도 높아지게 흔들려야지

맑고 맑아 맑으니까
맑아도 말갛게 휘어져야지

붉고 붉어 붉으니까
붉어도 벌겋게 피멍 들어야지

마야 5
—존재론

네가 있어야만
아침 해가 뜨고 강물도 발아래 흘러가는 거야

네가 있어야만
별도 뜨고 달도 뜨고 밤벌레도 울어대는 거야

네가 있어야만
네가 밟히기도 하겠지만 먼 하늘도 바라볼 수 있는 거야

네가 있어야만
그 자리 네가 있어야만 지난날도 웃으면서 뒤돌아볼 수
있는 거야

마야 6
—나르시스

내가 두려운 것이 아닌데
네가 어둡고 두려운 것인데
나, 먹구름 속에서 벌벌 떨어야 했다

내가 서러운 것이 아닌데
네가 폭폭하고 서러운 것인데
나, 구석에서 꺽꺽 울어야 했나

내가 아픈 것이 아닌데
네가 쓰리고 아픈 것인데
나, 이 가슴 부여안고 신음해야 했다

내가 있어서 네가 밝아진다면
내가 있어서 네가 노랗게 피어난다면
나, 피투성이 되어도 괜찮았다

내 속에 네가 있어서
내 속에 네가 아프지 않다면

오늘도 나, 물속 그림자로 살아야 했다

마야 7
―지축역에서

너에게 숨어서 내가 헐떡인다
너에게 내려앉아서 귀뚜라미 소리만 낸다

너에게 빠져서 내가 익어간다
너에게 목이 메어서 눈시울 붉어진다

너에게 아파서 내가 불안하다
너에게 애달아서 나뭇가지 새 움이 튼다

너에게 들어차서 내가 든든해진다
너에게 깊어져서 기운 지축이 바로 선다

마야 8
—이심전심

네가 이리 불안한 것은
네 가슴이 밤을 걷기 때문이다
뒤가 두렵고 앞이 캄캄한 것은
네 가슴이 정글을 걸어가기 때문이다

네가 이리 슬픈 것은
네 가슴이 숨어 살기 때문이다
잿빛 하늘에 먹히고 먹혀서
네 가슴이 내내 짓눌려 지내기 때문이다

네가 이리 아픈 것은
네 가슴이 호올로 멍울지기 때문이다
맺은 인업 맺히고 맺혀서
네 가슴이 뒤틀리고 몸살하기 때문이다

네가 이리 우울한 것은
네 가슴이 가을처럼 휘휘하기 때문이다
더 이상 물러날 수 없는 이 세상 끝에서

네 가슴이 두근두근 깨어 있기 때문이다

마야 9
―윤회설

이 풀씨 켜지면은
눈도 틀고 귀도 틀고
어두운 굴속에도 해가 드는 거야
굽은 허리도 펴지고
손도 발도 뜨거워지는 거야

이 풀씨 터지면은
이 가슴 봉긋해지고
이 산 저 산 뻐꾸기 우는 거야
이 세상 꽃불이 번지고
칡범도 사슴도 뛰어노는 거야

이 풀씨 꺼지면은
나무도 꽃도 시들고
이 골 저 골 먹구름 덮이는 거야
들도 시내도 얼어붙고
몸도 마음도 추운 거야

이 풀씨 묻히면은

이 세상 둥글어지고

여우도 곰도 잠이 드는 거야

구들장이 들썩거리고

집집이 저녁연기 피어나는 거야

마야 10
—불복하다

네가 내려가라고 한다
이제 더는 망설이지 말고
어서 가서 편히 쉬라고 한다
어서 가서 길게 누우라고 한다

네가 돌아서라고 한다
이제 더는 돌아보지 말고
이 좁은 문 지나가라고 한다
이 아픈 강 건너가라고 한다

네가 훨훨 날아가라고 한다
이제 더는 시비하지 말고
어서 하늘의 한 점이 되라고 한다
어서 큰곰자리 들어박히라고 한다

네가 이 한목숨 버리라고 한다
이제 더는 눈물짓지 말고
이 세상 어서 뜨라고 한다

이 세상 어서 내려놓으라고 한다

네가 정녕
이 징한 연줄 끊어버리라고 한다
정녕 네가
이 미련한 날개 접으라고 한다

마야 11
— 애착인형

너만 보니까 내가 아프다 너만 바라고 너만 찾으니까 내가
작아진다

너만 담아서 내가 슬프다 너만 기리고 너만 노래하니까
내가 우울하다

너만 위하니 내가 앙상하다 너만 부르고 너만 세우니까
내가 헛헛하다

너만 두드려 내가 피투성이다 너만 시비하고 너만 누르니까
내가 무너진다

마야 12
—숨은 자

내리면 내릴수록 올라가는
올리면 올릴수록 내려가는
보이면 보일수록 가려지는
감으면 감을수록 환해지는

잡으면 잡을수록 멀어지는
놓으면 놓을수록 묻어나는
달래면 달랠수록 일어나는
버리면 버릴수록 불어나는

다가서면 다가설수록 물러나는
멀어지면 멀어질수록 다가오는
위안하면 위안할수록 곤궁해지는
돌아서면 돌아설수록 불꽃이 튀는

네가 이리 아프다고 외쳐야 하는
네가 이리 슬프다고 까발려야 하는
네가 이리 어둡다고 두드려야 하는

네가 이리 우울하다고 외워야 하는

마야 13
―소요유

네가 내 숨을 쉬고
내 생각을 하고 내 노래를 부르니까
따로이 네가 아닌 '나의 나'로 여겨졌다.

하지만
네가 내 숨을 쉬고
내 생각을 하고 내 노래를 부르니까
너는 나에게 안타까운 결핍이었다.

네가 내가 되어서 네가 아니니
마주잡던 손도 없어지고 부딪치던 입술도 사라지고
꽃도 이파리도 피어나지 않았다.

그래서
너를 따로이 내가 아닌 너라고
네 숨을 쉬고 네 생각을 하고 네 노래를 부르는
'너의 너'로 명명했다.

이렇게
네가 따로이 내가 아닌 '너의 너'로 살다 보니
그러니까 손도 나오고 심도 나오고
벌 나비도 날아들었다.

마야 14
—하방

이 세상 버겁다고 아프다고
너야, 한숨도 나오겠지만
눈 없는 사람들, 소원하는 눈도 달고
귀 없는 사람들, 소원하는 귀도 있으니
이 세상 보고 듣고 그것만으로도
너야, 가진 게 많아

하늘이 어둡다고 갑갑하다고
너야, 멍울지기도 하겠지만
아픈 사람들, 소원하는 사지 멀쩡하고
떠도는 사람들, 소원하는 집도 절도 있으니
몸도 성하고 편히 들고 나고 그것만으로도
너야, 가진 게 많아

살림살이가 초라하다고 늘어나지 않는다고
너야, 풀이 죽어 지내겠지만
무너진 사람들, 소원하는 허리도 꼿꼿하고
쫓겨난 사람들, 소원하는 일자리도 있으니

그 살림살이 붙이고 붙이는 것 그것만으로도
너야, 가진 게 많아

사는 게 힘들다고 그만두고 싶다고
너야, 십 리 길 주저앉기도 하겠지만
길 없는 사람들, 소원하는 길도 보이고
어깨 없는 사람들, 지고 싶은 봇짐도 지고
이 고개 저 고개 넘고 넘어 그것만으로도
너야, 가진 게 많아

너야, 버릴 게 많아

마야 15
―독거도

혼자서 책을 읽고
혼자서 게임을 하고
혼자서 홀로 지내는 게
네가 가야 할 최선이라고
너는 에둘러 말하겠지

혼자서 담을 쌓고
혼자서 금줄을 치고
혼자서 홀로 보내는 게
네가 가야 할 차선이라고
너는 속삭이겠지

혼자서 술을 마시고
혼자서 방 벽을 두드리고
혼자서 홀로 아파하는 게
네가 가야 할 차악이라고
너는 노래하겠지

혼자서 죄가 되어서
혼자서 벌이 되어서
혼자서 홀로 붉어지는 게
네가 가야 할 대갚음이라고
너는 감언하겠지

너는

마야 16
—잠언

그것, 네 것이 아니야
하늘이 내리는 묵시야
함부로 거스르지 마
함부로 내려놓지 마
너를 위하여 있는 게 아니야
너에 반하여 있는 게 아니야
자연스레 꽃 피고 새 울고
서산마루 붉게 물들이는 거야

그것, 네 것이 아니야
대지가 불어주는 입김이야
이 세상 버겁다고 아프다고
네 맘대로 버릴 수야 없지
이 세상 구차하다고 쓸쓸하다고
네 맘대로 끊을 수야 없지
아픔도 슬픔도 거머쥐고
씨줄 날줄 엮어가는 게 갚음이야

그것, 네 것이 아니야
우주에서 날아온 씨앗이야
함부로 망치지 마
함부로 거두지 마
꽃길이든 흙길이든
도리질하면서 버티면서
가던 길, 마저 가야 하는 운명이야
아픈 만큼 붉어지는 영성이야

제3부

유아독존

이 세상에 외로운 내가 높아지지 저 세상도 높아지지
이 세상에 쓸쓸한 내가 깊어지지 저 세상도 깊어지지
이 세상에 구슬픈 내가 피어나지 저 세상도 피어나지
이 세상에 아파하던 내가 붉어지지 저 세상도 붉어지지
이 세상에 하나밖에 없는 내가 일어서지 저 세상도 일어서지

혈거시대

동굴 속에서는
앞이 보이지 않아서 좋다.
뒤가 시리지 않아서 좋다.
이렇게 꽁꽁 숨어서
긴 밤 보내서 좋다.

어둔 밤길에는
두 눈이 밝아져서 좋다.
동공이 커지고
손도 발도 코도 기다란
촉수가 되어서 좋다.

산등성이에서는
세상이 건들지 않아서 좋다.
가는 길 매이지 않아서 좋다.
행장을 풀어놓고는 돌아서서
구부러진 길 바라볼 수 있어서 좋다.

낭떠러지에서는
나를 돌아볼 수 있어서 좋다.
아픈 것들 가라앉고
그리운 것들 차올라서
세상이 온통 순해져서 좋다.

혼자라는 게

혼자라는 게
혼자만의 동굴에 빠지는 것이라서
혼자서 나를 들여다보는 것이라서
혼자서 홀로 검붉어지는 것이라서
혼자서 목석을 쪼아대는 것이라서

혼자라는 게
혼자만의 자유를 누리는 것이라서
혼자서 나를 내려놓는 것이라서
혼자서 홀로 발돋움하는 것이라서
혼자서 두근두근 깨어 있는 것이라서

혼자라는 게
혼자만의 세계를 어르는 것이라서
혼자서 나를 시험하는 것이라서
혼자서 홀로 바로 서는 것이라서
혼자서 발 빠지며 걸어가는 것이라서

혼자라는 게
바람 불고 눈비 내리는 것이라서
혼자서 나를 다스리는 것이라서
혼자서 홀로 드높아지는 것이라서
혼자서 휘파람 불며 너를 찾아가는 것이라서

혼자라는 게
천 길 물속으로 침잠하는 것이라서
혼자서 나를 깊숙이 가두는 것이라서
혼자서 홀로 맑아지게 하려는 것이라서
혼자서 물 아래 별빛 내리게 하려는 것이라서

개똥벌레

산도 들도 어둡고 길도 나무도 어두울 때
개똥이다

눈 닫고 귀 닫고 구석에서 숨어 지낼 때
개똥이다

스스로 비하하고 비슬비슬할 때도
개똥이다

섭섭하다고 갈고리 풀지 않을 때
개똥이다

아무것도 아닌데 유유 잠 못 들 때도
개똥이다

괜히 작아져서 다리가 후들후들 떨릴 때도
개똥이다

동굴에 빠져서 헤어나지 못할 때
개똥이다

물세례 내리고 눈을 번쩍 뜨게 하는 말
개똥이다

꽁무니에 불 달고 머리칼 곤두서게 하는 말
개똥이다

항변

누군가 노래를 불러 주었다면
나뭇가지 물오르고 산꽃이 피어났을 것이다.

누군가 입김을 불어넣어 주었다면
아픈 상처도 아물어서 새살 돋아났을 것이다.

누군가 손잡아 이끌어 주었다면
저 하늘 먹구름 걷히고 길도 질도 환해졌을 것이다.

누군가 거기 홍등이라도 걸어 두었다면
어두운 터널 지나 소맷자락 펄럭이며 걸어갔을 것이다.

누군가 누군가 함께 있어 주었다면
이제 그만 내려놓고 싶은 것, 그래도 붙잡을 수 있었을
것이다.

우안거

간밤에 비 들고 바람 불어서
두려운 내 마음 없어졌지요.
고요한 밤이 좋이 흔들려서
곧은 심지 되잡을 수 있었지요.

아침 햇살 눈부셔서
서글픈 내 마음 숨어들었지요.
환해질수록 그림자만 짙어진다고
그 생기로움 때문에 음지에서 우울했지요.

오후 두 시에 꽃 지고 새 울어서
아픈 내 마음 편안해졌지요.
시들고 멍든 것들 동병상련한다고
그것들 가여워서 새로이 반가에 들었지요.

황혼 녘에 마파람 불어서
공한 마음이 잰걸음으로 달렸지요.
날이라도 좀 궂어야 쉬어가고

멀리 달아난 사내 따라잡을 수 있겠지요.

금선탈각

그것, 다가설수록 몸 사리고
멀어질수록 마음 졸이는 멍울이지
누구나 겪는 거라고 위안해도
풀어지지 않는 피울음이지
소리를 질러도 손을 내밀어도
반향 없는 나락이지

그것, 앞이 캄캄해서 뒤가 급급해서
오도 가도 못하는 동굴이지
눈도 머리도 촉수가 되는 어둠이지
별도 지고 달도 지고
몽생이도 잠이 드는 와혈窩穴이지

그것, 산수국 피워내는 아픔이지
땅이 꺼져도 가슴이 무너져도
솟아나는 구멍이지
하얀 연기 피우면서
이리 쪼아대고 이리 붉어져서

보름꽃게처럼 울어대지

그것, 신호도 보내고 수벽도 타고
꽃발을 딛고 올라오는 청미래덩굴이지
그게 이리 들어차서 이리 커져서
쪽문을 깨고 나오지
먹구름 가시게 하는
푸르른 탈각이지

통회하다

아, 사랑이여
내가 너를 버려 놓았구나
너에게만 눈을 주고 귀를 주고
너만 노래하고 너만 추기면서
그렇게 너만을 품었는데
아, 사랑이여
내가 너를 버려 놓았구나
내가 너를 섬이 되게 하였구나

아, 사랑이여
네게 보내는 신호 드세다 못해
뭇사람들의 표적이 되게 하였구나
내가 드리운 연줄 질기다 못해
너를 묶는 오라가 되게 하였구나
아, 사랑이여
내가 너를 버려 놓았구나
내가 너를 못다 피게 하였구나

너만이 유일한 안식이라고
너만이 그리운 시라고 설렘이라고
그렇게 길을 닦았는데
그렇게 불을 피웠는데
아, 사랑이여
아, 굳은 결심이여
내가 너를 버려 놓았구나
내가 나를 버려 놓았구나

아, 옛날이여

우리 어두운 방에서
환각처럼 내뱉는 말
'아, 옛날이여'
파랗게 점멸하는 램프여

옛날처럼 그렇게
눈도 주고 귀도 주고
손도 잡았다면
이 세상 아프지도 않을 건데

옛날처럼 그렇게
입도 삐쭉거리고 눈도 흘기면서
둘도 되고 셋도 되었다면
이 세상 서럽지도 않을 건데

그 옛날처럼 그렇게
말도 트고 어깨도 기대면서
다리도 놓아주었다면

이 세상 어둡지도 않을 건데

허한 세상 헛헛한 가슴
깊고 깊은 나락에서
한숨처럼 내뱉는 말
'아, 옛날이여'
파랗게 점멸하는 노래여

귀틀집

내내 엎드려 살던 집
귀 틀고 몸 틀고 꼭꼭 숨어 지내던 집
죽창에 찔려서
여린 속살 피 흘리던 집
말굽에 치여서
피멍 들고 아파하던 집
시린 그늘도 불섶이 되어서
붉은 생채기도 각피 되어서
비바람도 눈보라도 막아주던 집

누룩곰팡이 술내 나던 집
고치 틀고 솜 틀고 겨울나던 집
새봄 기다리며
꽃맹아리도 생겨나던 집
저녁연기 모락모락 피어나던 집
눈도 귀도 밝아지고
겨드랑이 날개 돋아나던 집
별도 달도 쪼아대며

쪽문을 깨고 나오던 집

벌떡증

잠을 자다가 벌떡
일어나는 버릇이 생겼다
이러면 병이 깊다는데
매번 가위에 눌려서
욱하니 일어나게 된다
누구인가
이렇게 잠을 깨우는 자
문득 속이 상해서
문득 설움이 터져서
강시처럼 불끈 일어나면
한밤이 소스라친다

꿈에서나 생시에서나
못내 숨기고 싶은 것들
억울하고 화나는 것들
나 여기 있다고 아프다고
심연의 적층에서
발버둥 치며 손 흔드는 것들

온몸에서 물방울이 튀었다
매번 쓰다듬고 쓰다듬어도
울컥거리는 바우덩이들

누구일까
이렇게 머리칼 곤두서게 하는 자
문득 기혈이 막혀서
문득 부침이 심해서
욱하니 화증을 부리면
한밤이 허허벌판이다
그런 너 때문에
그런 나 때문에

천수라는 것

그것,
원래 타고나는 것
함부로 거스르긴 어렵지
가위질해대도
날 선 칼날 그어대도
질기디 질긴 연줄 잘라내긴 어렵지

하늘이 내리는 것이라서
하늘이 거두는 것이라서
해머로 내리쳐대도
니퍼로 두 동강 내려고 해도
푸르디푸른 그 사슬 끊어내긴 어렵지

풍우에 넘어가는 나무처럼
한세상 길게 드러눕고 싶어도
끈 떨어진 연처럼 그렇게
저 하늘 가물가물 떨어지고 싶어도
매인 고리 함부로 풀어내긴 어렵지

그것,
시퍼렇게 피어나는 숨이라서
자유로이 쉬어지는 결이라서
끊어져도 다시 이어지는 원력이라서
들고 나는 그것,
네 뜻도 내 뜻도 아니니까

의문문

나 죽으면 어떻게 될까
파랗게 멍들어서
구천을 떠도는 것일까
아리고 쓰린 것들 사시나무 떠는 것들
이제 그만 놓아버리고 싶지만은

나 죽으면 어떻게 될까
이 어두운 세상 벗어나서
눈부신 꽃길 걸어가는 것일까
그립고 아쉬운 것들 각혈하는 것들
문자도 보내고 전화도 하고 싶지만은

나 죽으면 어떻게 될까
꽃도 지고 잎도 지고
너도 나도 그렇게 사라지는 것일까
해도 지고 달도 지고
고진감래도 홍진비래도 없어지는 것일까

나 죽으면 어떻게 될까
누군가 기다려주는 사람도 되지 못하고
이 세상 이 자리 이 사람들 다 끊어지는 것일까
한번 가면 다시 올 수 없다는 거기서는
아리지도 쓰리지도 눈물 나지도 않는 것일까

요법

아플 때는 아프다고 하자
아플 때는 참지 말고 여기가 아프다고 하자
너에게 나에게 여기가 아프다고 하자
아프다고 그렇게 해야 그렇게 눈물지어야
아픔이란 아픔 가셔서
거기가 가뿐해지는 것 아니냐
아픈 만큼 단단해지는 것 아니냐

슬플 때는 슬프다고 하자
슬플 때는 숨지 말고 여기가 슬프다고 하자
너에게 나에게 여기가 슬프다고 하자
슬프다고 그렇게 해야 그렇게 손을 내밀어야
슬픔이란 슬픔 날아가서
참꽃 피어나는 것 아니냐
슬픈 만큼 깊어지는 것 아니냐

아플 때는 아프다고 하고
슬플 때는 슬프다고 하자

아플 때는 참지 말고 여기가 아프다고 하자
슬플 때는 숨지 말고 여기가 슬프다고 하자
그렇게 비워 내어야 그렇게 채워 내어야
아픔도 슬픔도 네가 되고 내가 되어서
새살 돋아나는 것 아니냐
저 달처럼 둥글어지는 것 아니냐

우주의 소리

'옴~'이라고
단전에 힘을 모아
입술을 오므렸다 닫으면서
'옴~, 옴~' 하면
오장육부 가열차지
'옴~, 옴~, 옴~' 하면

'옴~~'이라고
머리를 가다듬어 길게
나를 부르는 소리
'옴~~, 옴~~' 하면
오욕칠정 말끔히 끊어지지
'옴~~, 옴~~, 옴~~' 하면

'옴~~~'이라고
삼라만상 부르는 소리
우주의 소리
'옴~~~, 옴~~~' 하면

세상의 만상들 훌훌 털고 새로 태어나지
'옴~~~, 옴~~~, 옴~~~' 하면

'옴~' 하면
일만 팔천 리도 금방 가지
'옴~, 옴~' 하면
남남북녀도 오대양육대주도 품에 들고
있는 것도 없는 것도 문득 사라지지
'옴~, 옴~, 옴~' 하면

제4부

미소

이렇게 빨리 피는 꽃이 있을까?
이렇게 빨리 깨는 말씀이 있을까?

이렇게 오래 가는 여흥이 있을까?
이렇게 오래 머무는 노래가 있을까?

일출

마침내 소원이여
동편 하늘 벌겋게 솟아나는 소원이여
목욕재계하고
설빔 차려 입고
둥기둥 얼굴 디미는 소원이여
갑도 을도 남남북녀도
둥글게 둥글게 물들이는 소원이여
초가집도 기와집도 여우굴도
金이 되게 하는 소원이여 그대

등대

손을 주면
고맙다는 말이 따라온다

눈을 주면
따뜻하다는 말이 들이친다

귀를 열면
연모한다는 말이 물밀어온다

내 작은 정념이
어두운 바다의 항적이 되는 날에

뿌리가 궁금하다

보이지 않는
뿌리가 궁금하다.

땅속에다
심지를 박고
길을 내고 바우를 끌어당기는
뿌리가 궁금하다.

눈 감으면
물그림자 어리고
심장의 박동 소리 아득한 거기

물처럼 흘러가라고
산처럼 우뚝하라고
세상의 중심이 되라고
이 몸 구석구석 뿌리내리는 거기

하늘에 살라고

하늘의 별이 되라고
어둠에서 황홀한 잔치 역사하는
그 뿌리가 궁금하다.

구례사람

　구례지역 답사할 때 일이다. 버스가 섬진강 삼거리를 지날 때 해설사가 대뜸 물었다. 구례군이 인심이 좋다는데 그 이유가 무엇이냐고 우리는 뭐 농토가 비옥해서, 지리산이 후덕해서, 예의를 숭상하는 고장이라 등등 연달아 답했더니 해설사는 구례사람들이 '구래! 구래!' 하면서 낙천적으로 살아가기 때문이란다. 그 말을 들으니 '구래!'란 어감이 어떻게나 구수하고 감칠맛이 나는지 우리도 따라서 장난기로 '구래! 구래!' 했다. 꼭 육친에게 하는 말로나 여겨졌다. 입술이 벌어지고 노래가 되어서 끄덕끄덕 지리산도 섬진강도 '구래! 구래!' 하는 것만 같았다. 석주관을 시작으로 구례현청도 가고 손인필 비각도 가고 명협정도 돌아보고 구례지역 답사 내내 우리는 '구래! 구래!' 하면서 구례사람이 다 되었다.

갈대밭에서

갈대가 흔들리는 것은
오고 가는 설렘 때문이다.
발목을 적시고
길게 그림자 드리우고
갈대가 흔들리는 것은
번뜩이는 날개가 자라나기 때문이다.

갈대가 서걱거리는 것은
다함없는 서러움 때문이다.
목울대 길게 빼고
먼 산 바라보면서
갈대가 서걱거리는 것은
마르고 마른 노래 새어 나오기 때문이다.

갈대가 쓰러지는 것은
피멍 든 세상이 아프기 때문이다.
제 뿌리를 감싸고는
강물도 먼 산도 끌어안고

갈대가 드러눕는 것은
저녁노을처럼 물들고 싶기 때문이다.

갈대가 일어나는 것은
쓰러질수록 강해지기 때문이다.
활처럼 휘어지고 휘어져서
열이 되고 백이 되고 천이 되어서
갈대가 바람을 일으키는 것은
여리디 여린 옛날이 그립기 때문이다.

심해어

수심 팔천 미터 바다 속
심해어는
육 톤 트럭 무게의 수압을 지고도
느릿느릿 헤엄쳐 다닌다고 한다.
햇빛 한 점 들지 않는 어둠 속에서도
영하의 수온 속에서도
그들대로 생존한다고 한다.

온몸이 겔처럼 흐물흐물하지만
날카로운 이빨로
먹이 사냥을 하고
자가발전을 해서
빛을 내고 체온을 유지하고
혼자서 골똘히 살아간다고 한다.

그런 극심한 환경 속에서도
살아남기 위하여
넓죽하거나 기다랗거나 조그맣거나

내장이 다 드러나는 투명체로
바닥에 엎드려 눈만 꾸벅꾸벅
먹지 않고도 칠 일을 견딘다고 한다.

그 두려운 침묵 속에서도
살아남기 위하여
유사시에는 필살의 속도로
치달리고 먹이를 사냥하고
필살의 어둠으로 빛을 뿌리면서
그들대로 생존한다고 한다.
그들대로 백 년을 산다고 한다.

금당에서

당신의 미간에 금을 놓습니다.
새끼손톱만 한 금을 놓습니다.
그러나 손이 떨려서 틀어집니다.
마음이 흔들려서 틀어집니다.
어제도 오늘도 놓습니다.
내일도 모레도 놓습니다.
그러나 손이 떨려서 다시 놓습니다.
마음이 흔들려서 다시 놓습니다.
아무래도 정성이 부족한 모양입니다.
아무래도 심력이 부족한 모양입니다.
아무리 집중을 해도 틀어집니다.
아무리 공을 들여도 틀어집니다.
미리 재고 놓아도 틀어집니다.
미리 여쭙고 놓아도 삐틀어집니다.
당신의 미간에 금을 놓습니다.
아무리 잘 놓아도 삐틀어지는
이 미혹한 시심을 당신의 미간에 놓습니다.

집 한 채 지으려면

집 한 채 지으려면
얼마나 많은 꿈 깨야 하나
얼마나 많은 공 들여야 하나
내 마음에 썩 드는
집 한 채 지으려면
얼마나 많은 말을 비워야 하나
얼마나 많은 노래를 불러야 하나
풀도 나무도 살고 새들도 찾아드는
집 한 채 지으려면
얼마나 많은 눈비 맞아야 하나
얼마나 많은 피 흘려야 하나
하늘에게 부끄럽지 않은
집 한 채 지으려면
땅도 다지고 지주도 세우고
얼마나 많은 연줄 풀어야 하나
얼마나 많은 햇살 담아야 하나
저승까지 지고 갈 그것
집 한 채 고이 지으려면

얼마나 많은 연기 피워야 하나

얼마나 많은 섬돌 놓아야 하나

거룩한 소음

아파트 신축공사장에서
들려오는
암반을 깨는 기계소리
콘크리트 파일 박는 소리
이것들
누군가의 가정이 되려고
지르는 비명이라면 비명이다.
방음벽을 넘어오는
철판을 두드리는 소리
거푸집 해체하는 소리
이것들
사물놀이 장단이라면 장단이다.
이른 새벽, 잠을 깨우는
쇠를 깎아대는 소리
전기톱 돌아가는 소리
폐자재 떨어지는 소리
이것들
퍼포먼스 화음이라면 화음이다.

반반하게 갈고 가는 소리
매끈하게 다듬고 다듬는 소리
이것들 새로운 질서가 되려고
아파서 지르는 소음이라면 소음이다.

버리는 마법

손가방 잃어버렸다.
그 속에 지갑이며 신분증 신용카드 핸드폰 유에스비
하다못해 치약 칫솔 손수건 손톱깎이 수첩 참펜까지
온갖 생활이 들었는데
그것들 잃어버리니까
아무것도 할 수 없었다.
어디에도 갈 수 없었다.

폭탄 맞은 듯
속 끓이고 잠도 설쳐야 했다.
어느 무인도에 위리안치圍籬安置된 듯
손도 발도 묶여 지내야 했다.
불안한 평화 속에서
찾으면 찾을수록 가난해지는 소유였다.
물신의 마법이 풀리고 그렇게
헐벗은 자유 하나 서 있었다.

얽매일 것도 잃을 것도 없는

114

헐벗은 자유 하나 가난한 평화와 손잡았다.

그렇게 놓아버리니까

무엇이든 할 수 있었다.

어디든지 갈 수 있었다.

이건 버리는 마법이었다.

하늘바람지기

네가 떠난 거야
물론 떠나야 할 아픔이었겠지
그런데 너, 떠나갔어도
아직 내 곁을 떠나지 않았으니
저렇게 깃대를 흔들면서
매인 끈 부여잡고 있으니
내게로 향하는 마음이
산마루에서도 들녘에서도
뎅뎅 쇠북을 울리고 있으니

너를 떠나보낸 거야
물론 겪어야 할 아픔이었겠지
그런데 너, 떠나보냈어도
나는 아직 떠나보내지 않았으니
저렇게 깃대에 매달려서
높바람 타고 있으니
나에게 타전되는 부호가
소맷자락 흔들다가 저렇게

핏빛으로 물들고 있으니

바람자루 팽팽한 날에
떠나는 자가 미련이었으니
너는 나, 데려가려고
산마루까지 따라와서 달달거리고
나는 강나루까지 따라가서
너, 데려오려고 덜덜거리고
저렇게 불려 흐르는 마음이
나뭇가지만 흔들고 있으니
먼바다 풍랑을 일으키고 있으니

그 옛날의 기차

남광주역 공원에
그 옛날의 기차가
여기저기 녹슬고 해진 것이
길게 엎드려 있다.

한때는 나도
꿈꾸는 마부였다.
동으로 서으로 남으로
도라산도 가고 사평리도 가고 동해도 가고
신의주도 백두산도 목단강도 가면서
언덕 너머 별빛을 꿈꿨다

한때는 나도
그리운 노래였다.
강바람도 솔바람도 태우고
코스모스도 옥수수도 태우고
어중이떠중이도 태우고
들길을 내달리던 노래였다.

그 옛날의 기차가
아직도 달리고 싶다고
꽃단장하고
밥집이 되어서 찻집이 되어서
전시관이 되고 공연장이 되어서
그 옛날의 손님을 기다린다.

기차는 예나 지금이나
누군가를 기다리라고 있나 보다.
한때는 들도 산도 강도 달리고
한때는 누군가의 그리운 노래도 되었던
바로 내가
그 옛날의 기차였으니

우리에게 겨울이 없었다면

우리에게 겨울이 없었다면
힘들여 나뭇단도 짚단도 쌓지 않았겠지
이엉 엮어서 지붕 이지도 않았겠지
구들장에다 등도 지지고 둘러앉아
겨우내 지지 않는 달 품지도 않았겠지

우리에게 겨울이 없었다면
부실한 성벽 손질하지도 않았겠지
화톳불도 군불도 피우지 않았겠지
돕바도 침낭도 필요 없었고
마스크도 등화관제도 필요 없었겠지

우리에게 겨울이 없었다면
새로 만들고 피어날 일도 없었겠지
새로 다지고 깨어날 일도 없었겠지
서로 돌아보고 나눌 필요도 없었겠지
둥글게 둥글게 뭉칠 필요도 없었겠지

우리에게 겨울이 있어서
양철 대문도 문풍지도 심하게 울었지
썩은 살도 진흙 펄도 꽁꽁 얼어붙었지
함박눈 내리고 내려서
발자국 선명하게 나아갈 수 있었지

I'm, 나는 나다

이철송(시인, 국민대 겸임교수)

1. 탁족과 풍등

『슬픔아 놀자』는 최기종 시인의 여섯 번째 시집이다. 1992년
에 작품 활동을 시작했으니 과작도 다작도 아닌 '적당한' 작품
생산량이라고 할 수도 있겠다. 그러나 사실 그가 매우 적극적으
로 '전교조' 활동을 하였고, 한국작가회의 목포지부를 다년간
이끌었으며, 지금은 전남민예총 이사장으로 활동하고 있다는
사실을 감안한다면 결코 적은 수의 작품량이 아니다. 그는
그만큼 '부지런히' 산다.

그는 몇 년 전에(내가 목포에서 살아볼까 하고 가족까지
팽개치고 남도로 내려간 해다. 그러나 그 탈주는 실패했고
지금은 다시 가족의 포로로 살고 있다. 최기종 시인과의 인연은
이때 맺어졌다) 오랜 교직 생활에서 벗어났다. 명퇴를 한 것이
다. 이제 은퇴하셨으니 '헐렁'하게 사시라는 나의 권유를 그는

전혀 듣지 않는다. 목포에 있는 동안 기종 형(이제 여기서부터는 그를 기종 형이라 부르겠다. 그는 사실 나보다도 나이가 한참 위일 뿐만 아니라 인격 또한 높아 나는 그를 '큰 형님'이라고 생각한다. 그러나 '싸가지 없게도' 나는 그냥 평소에 기종 형이라 부른다) 덕분에 나 또한 많이 쏘다녔다. 이러저러한 단체 모임에도 '끌려갔으며' 승달산이나 유달산을 '강제'로 등산한 것도 부지기수다.

또한 형은 여름날 탁족의 시원함을 알려주기도 하였다. 해남 대흥사 계곡에서 물에 발 담그고 '시아시' 된 막걸리 한잔을 상상해 보시라. 지금 이 글을 쓰고 있는 서울은 염천하炎天下다. 우리 집 고양이들이 더위를 참지 못하고 배를 뒤집은 채 헉헉거리고 있을 정도다. 그 계곡이 그립다. 아니다. 정확히 말하자. 그 계곡에서 마셨던 막걸리가 너무 그립다. 이 글을 끝내고는 그 계곡에 다시 가자고 형을 한번 졸라봐야겠다.

그해, 기종 형이 아니었다면 나는 진도 팽목항을 찾을 엄두 또한 내지 못했을 것이다. 나는 그해 봄 내내 슬픔 혹은 절망에 빠져 목포 상동의 내 임시 거처에 처박혀 있었다. 나를 그곳에서 꺼낸 것은 기종 형이었다. 우리는 형의 털털거리는 '금색' 승용차를 타고 그곳에 갔다. 함께 희생자들의 가족에게 큰절을 했으며, 추모제에 참석했다. 그 추모제에서 기종 형이 조시를 낭송했던 듯. 또한 먼바다의 혼령들을 향해 풍등을 날리기도 했는데 기종 형이 아니었다면 이 모든 것이 불가능했을 것이다. 나는 형이 내게 술을 잘 사주는 것도 고맙게 생각하지만, 그해 나를 팽목항에 데려가준 일이 무엇보다도 고맙다.

2. 물렁물렁한 가슴

이제 형의 시 한 편을 읽어 보자. 다음의 시는 최기종이
어떤 사람인지를 잘 알려준다. 나는 이 시를 읽으며 피식 웃었다.
자기에 대한 시군, 이라는 생각이 들었기 때문이다.

지나가는 샛바람에도
살을 베이는 가슴이 있다.
문풍지 울어대도
장독대 듣는 빗소리에도
한밤을 꼬박 새우는 가슴이 있다.

문득 부르는 상이한 말투에도
뒤가 급해지는 가슴이 있다.
빗나간 공에 맞아도 물살이 뛴다.
오가는 발자국 소리에도
머리가 곤두선다.

이불깃만 스쳐도 설움이 인다.
그림자만 길어져도 노을이 진다.
부엉부엉 부엉이 소름이 돋는다.

닭 울음소리에도 먼 강이 일어선다.

너무 물렁물렁한 가슴이라서
꽃잎 지는 것만 보아도
눈앞이 흐려진다.
강물 흘러가는 것만 보아도
허리가 휜다.

　　　　　　　　　　　—「물렁물렁한 가슴」 전문

　이 시에서 나는 기종 형을 본다. 형은 "지나가는 샛바람"에도
가슴을 베이는 사람이다. 또한 "오가는 발자국 소리에도／머리
가 곤두서"는 사람이다. 그뿐인가. 그는 "꽃잎 지는 것만 보아
도／눈앞이 흐려"지는 사람이다. 이것은 그가 "물렁물렁한 가
슴"을 가지고 있기 때문이다. 어쩌면 이러한 진술을 '엄살'로
볼 수도 있을 것이다. "강물 흘러가는 것만 보아도／허리가
휜"다니, 아따 형도, 엄살 좀 그만 부리시오잉. 이렇게 말할
수도 있을 것이다. 그러나 나는 지금까지 형이 '엄살' 부리는
것을 본 적이 없다. 그는 흔히 술 좋아하는 사람이 즐겨할
법한 '과장'도 없다. (나는 그 반대다. 술만 마시면 허풍쟁이가
된다.)
　위의 시는 엄살도 과장도 아니다. 이 시는 기종 형을 적확하게
보여주는 시이다. 다시 말해, 그가 세상에 자신의 가슴을 활짝
열어둔 채 살아가고 있음을 이 시는 보여주고 있는 것이다.

더 정확히는 세상의 '아픔'에 가슴을 항상 열어두고 있음을 말해주는 시이다. 따라서 저 '물렁물렁한 가슴'은 '이도저도 아닌' 어정쩡한 가슴이 아니다. 그것은 세상의 아픔을 '느끼고, 자신의 것으로 받아들이고, 품는' 그런 가슴이다. 형은 그런 사람이다, 형은 그런 가슴을 가진 사람이다, 라는 것이 나의 평소 생각이다. 이번 시집 『슬픔아 놀자』에 실린 대부분의 시가 그렇게 '물렁물렁'한 가슴으로 형이 껴안은 세상이다. 아니 세상의 아픔이다.

3. 세상의 아픈 것들

나만 홀로 아픈 줄 알았는데
나만 기침하는 줄 알았는데
세상의 살아있는 것은
모두 다 아프다고 한다.

나만 홀로 애타는 줄 알았는데
나만 절룩이는 줄 알았는데
세상의 살아가는 것은
모두 다 힘들다고 한다.

(중략)

나만 피 흘리는 줄 알았는데
나만 어둡고 서러운 줄 알았는데
세상의 꿈틀거리는 것들은
모두 다 그러면서 산다고 한다.

— 「세상의 아픈 것들이」 부분

　　세상의 아픈 존재들은 자신을 세계에서 소외시키기도 한다.
왜 다른 이들은 '아프지' 않는데 나만 아픈가, 왜 다른 이들은
'애타지' 않는데 나만 애타는가, 왜 다른 이들은 '서럽지' 않는데
나만 서러운가. 나만 아프고, 나만 애타고, 나만 서럽고, 나만
피 흘린다, 라는 이러한 생각은 자신을 다른 이들과 구분 짓게
하고 결국은 자신을 세계로부터 분리시킨다. 그리고 세계로부
터 고립된 존재로 자신을 규정하게 된다. 그러나 위의 시적
주체는 세계로부터 자신을 분리하지도, 고립시키지도 않는다.
오히려 주체는 아픔으로써 새로운 눈을 갖게 되고 그 눈으로
새롭게 세계의 존재를 보게 된다. "나만 홀로 아픈 줄 알았는데"
사실은 "세상의 살아있는 것은/모두 다 아프다"는 것을 자신이
아픔으로써 알게 되는 것이다. (나는 여기서 윤동주를 생각한
다. "별을 노래하는 마음으로/모든 죽어가는 것을 사랑해야
지"라고 윤동주가 읊은 「서시」 말이다. 죽어가는 모든 것들이
아픈 자들이 아니고 무엇이겠는가.) 아픔으로써 새로운 세계가
열리는 것이다. 그리하여 아픈 세계 속의 아픈 존재로, 세계
내內의 존재로, 정확히는 육화된 세계로서 자신을 규정시킬

수 있게 만드는 것이다. 이는 아픔이 만들어내는 '긍정성'이다.

　그러나 최기종은 아픔이 항상 긍정적으로 작용하지만은 않는다는 것을 잘 알고 있다. 다음의 시를 살펴보자.

　　　네가 내려가라고 한다
　　　이제 더는 망설이지 말고
　　　어서 가서 편히 쉬라고 한다
　　　어서 가서 길게 누우라고 한다

　　　네가 돌아서라고 한다
　　　이제 더는 돌아보지 말고
　　　이 좁은 문 지나가라고 한다
　　　이 아픈 강 건너가라고 한다

　　　(중략)

　　　네가 이 한목숨 버리라고 한다
　　　이제 더는 눈물짓지 말고
　　　이 세상 어서 뜨라고 한다
　　　이 세상 어서 내려놓으라고 한다

　　　네가 정령
　　　이 징한 연줄 끊어버리라고 한다

정령 네가

이 미련한 날개 접으라고 한다

—「마야 10-불복하다」 부분

이 시에서 너(네)는 내게 말한다. 이제 그만 "내려가라"고, "어서 가서 편히 쉬라고" 그리하여 "이제 더는 돌아보지 말고" "아픈 강 건너가라"고, 그리하여 "이 징한 연줄 끊어버리라고". 그런데 너는 누구이고, 나는 누구인가. 그것은 쉽게 드러난다. 나와 너는 자아 그 자신이다. 그러니까 네가 나에게 말하는 형식을 취하고 있지만, 사실 이 말은 내가 나에게 하는 것이다. 이렇게 생각한다면 이 시의 시적 의미가 전혀 다른 것이 된다. 나는 이제 "내려가"고 싶다고, 이제 "편히 쉬"고 싶다고, "이제 더는 돌아보"고 싶지 않다고, 이제 그만 "이 아픈 강 건너가"고 싶다고, 그리고 궁극적으로 '이 말은 '이 한목숨 버리고 싶다'는 데로 귀착한다.

프로이트는 「슬픔과 우울증」에서 사람들은 사랑하는 대상을 상실함으로써 슬픔에 빠지게 된다고 말한다. 그리고 보통 사람들은 대부분 어느 정도 시간이 지나면 이 슬픔에서 빠져나간다. 그러나 일부는 시간의 흐름에도 불구하고 슬픔에서 벗어나지 못한다. 벗어나지 못할 뿐만 아니라 그 상실의 책임을 오히려 자신에게로 돌린다. 이것이 프로이트가 말하는 우울증에 이르는 경로다. 그리고 우울증에 빠진 자아는 대상을 상실한 책임을 본인에게 묻게 되는데 궁극에 가서는 극단적인 자기

처벌을 요구하게 된다. 이것이 우울증자에게 나타나는 자살욕
구의 과정이다. 어쩌면 위의 시는 프로이트의 이러한 우울증의
최종 단계를 보여주는 시로도 읽을 수 있지 않을까? 주체는
아픔을 세상을 새롭게 아는 계기로 삼지만(「세상의 아픈 것들
이」), 그것이 항상 성공하는 것만은 아니지 않을까?

4. 아픔의 출처—애착인형

너만 보니까 내가 아프다 너만 바라고 너만 찾으니까 내가
작아진다

너만 담아서 내가 슬프다 너만 기리고 너만 노래하니까 내가
우울하다

너만 위하니 내가 앙상하다 너만 부르고 너만 세우니까 내가
헛헛하다

너만 두드려 내가 피투성이다 너만 시비하고 너만 누르니까
내가 무너진다

—「마야 11-애착인형」 전문

이 시는 주체가 의도한 대로 자신을 항상 세계 내 존재로
안착시키지는 못한다는 것을 보여준다. 다시 말해 자신을 아픈
세상으로 육화해 내는 것에 항상 성공하지는 못한다는 것이다.
아니 오히려 대부분은 실패한다는 것이 옳은 말이 아닐까?
그렇다면 세계 내 존재로 자신을 가지 못하게 하는 것은

무엇일까.

위의 시에서도 '너'는 '나'로 보아야 할 것이다. 나는 항상 나만 보고, 나만 찾고, 나만 담고, 나만 위하고, 나만 두드린다. 다시 말해 나는 나에게 매몰되어 있는 것이다. 이렇게 되면 세계는 다시 나와 단절되고 나는 세계로부터 소외될 수밖에 없게 된다. 다음의 시도 이러한 점을 극명하게 보여준다.

혼자서 책을 읽고
혼자서 게임을 하고
혼자서 홀로 지내는 게
네가 가야 할 최선이라고
너는 에둘러 말하겠지

혼자서 담을 쌓고
혼자서 금줄을 치고
혼자서 홀로 보내는 게
네가 가야 할 차선이라고
너는 속삭이겠지

—「마야 15-독거도」부분

이 시에서도 주체는 "담을 쌓고" "금줄을 치고" 자신을 자신만의 내면으로 유폐시킨다. 다시 말해 주체는 "혼자서 책을 읽고" "혼자서 게임을 하고" "홀로 지내는" 것을 최선으로 규정하는 것이다. 이렇게 되면 세계로 나아가는 길을 확보할 수가 없게 된다. 확보라니! 그것은 포기다. 더 심하게 말하자면 자신을 유기하는 것이다. 이렇게 되면 그는 결코 자신이 구획한 자신의 좁은 에고^{ego} 안에 갇혀 외부와의 관계를 완벽하게 끊어버릴 수밖에 없게 된다. 이는 결국 프로이트가 말한 바 최종의 '그' 지점으로 자신을 이끌어갈 수밖에 없을 것이다. 따라서 주체는 자신이 스스로 구획 지은 자신의 영역 그러나 자신을 유폐시키고 있는 그 영역에서 벗어나야 한다. 그래야만 이 주체는 '병' 다시 말해 '아픔'에서 벗어날 수가 있다.

5. 슬픈 리셋 그리고 슬픔아 놀자

우리 작고 쓸쓸하게 느껴질 때는
머리를 도리도리 흔들면서 리셋하자.
이 세상 새로이 새롭게 피어나도록 리셋하자.

아무래도 나는 나라고
내가 있어서 오늘도 내일도 있는 거라고
머리를 도리도리 흔들면서 아임$^{I'm}$이라고 리셋하자.

—「슬픈 리셋」 부분

슬픔아 놀자.
불 꺼진 외딴 방에서

슬픔아 손잡고 놀자.

(중략)

슬픔아 놀자.
이토록 눈물 주고 가슴 쓰리게 하는
슬픔아 동무하며 놀자.

—「슬픔아 놀자」 부분

누군가와 관계를 맺기 위해서는, 더 정확히는 '주체'적인
관계를 맺기 위해서는 우선 '나' 자신을 정립시켜야 한다. 다시
말해 정확히 나는 누구인가, 라는 것을 알 때에 비로소 타자와의
긍정적인 관계가 성립될 수 있다는 것이다. 이를 위해서 필요한
것은 무엇일까? 그것은 자신의 밑바닥으로 내려가서, 자신을
성찰하는 것은 아닐까, 라고 나는 생각한다. 아마 기종 형도
그 점에서 나와 같은 생각인 듯하다. 그는 자아가 자신을 가둔
에고에서 벗어나는 방법을, 정확히는 타자(다른 사람이라고
썼다 지우고 타자라고 쓴다. 관계가 꼭 사람과 맺어지는 것만은
아니라는 생각이 들었기 때문이다)와 긍정적인 관계를 맺기
위한 방법으로 두 가지를 제시한다. 하나는 그 아픔(슬픔)과
'놀아'버리는 것이고, 또 하나는 자신을 극단적인 장소로 자신
을 유폐시켜 새롭게 태어나는 것이다. 사실 이 둘은 어떻게
보면 하나라고 볼 수 있을 것도 같다. 논다는 것은, 다시 말해

나의 슬픔, 나의 아픔과 논다는 것은 결국은 나의 아픔과 나의 슬픔을 성찰한다는 것 아니겠는가. 그러한 성찰을 통해서만(아, 극단적인 곳까지 내려간 자의 성찰!) 나는 드디어 새롭게 리셋 될 수 있지 않겠는가? 그리하여 새롭게 태어난 후 일성一聲은 바로 이것이 아니겠는가! I'm.

6. 추신

기종 형! 시집 출간 축하해요.
목포에서 한잔해야지요.
오거리집이나 대흥사 계곡에서 말입니다.
양원 형님, 관서, 종이, 화숙이, 성호 다 보고 싶소.
예쁜 형수님에게도 안부 전해주시오.

이철송 화남和南

슬픔아 놀자

초판 1쇄 발행 2018년 09월 01일

지은이 최기종
펴낸이 조기조
펴낸곳 도서출판 b

등록 2006년 7월 3일 제2006-000054호
주소 08772 서울시 관악구 난곡로 288 남진빌딩 302호
전화 02-6293-7070(대) 팩시밀리 02-6293-8080
홈페이지 b-book.co.kr 이메일 bbooks@naver.com

ISBN 979-11-87036-64-7   03810

값_10,000원